Die fantastische Welt von Jules Verne

Rätselempfehlung

Diese … Gruppe lösba…

Das C… ntwort- mögli… Um den Überb… einsame Rätse… ift, um die Zahl der richtigen Antworten zu notieren.

Ablauf: Zunächst werden die Karten gemischt. Die Person, die zuletzt mit dem Zug gefahren ist, darf die erste Karte vorlesen, ohne jedoch die Symbole vor den Antwortmöglichkeiten zu nennen. Das Symbol auf der Rückseite der Karte verrät, welche Antwort die Richtige ist. Ziel ist es, so viele Fragen wie möglich richtig zu beantworten.

Die Rätselempfehlung kann nach Belieben angepasst oder erweitert werden, etwa indem eine Zeitvorgabe für die Antwort gesetzt wird.

Viel Spaß beim Rätseln!

Jules Vernes literarischer Kanon ist geprägt von einer Kombination aus folgenden Themen:

Liebe, Drama und Sehnsucht

Abenteuer, Wissenschaft und Technik

Mythologie, Fantasie
und Übernatürlichkeit

Jules Verne wird oftmals als Vorreiter und Mitbegründer des folgenden literarischen Genres bezeichnet:

Science-Fiction

Autobiografie

Trivialliteratur

In welcher französischen Stadt erinnert noch heute der Freizeitpark „Les Machines de l'Île" mit außergewöhnlichen mechanischen Tierfiguren an die fantastischen Welten von Jules Verne?

Nantes

Amiens

La Rochelle

Jules Verne wurde 1828 in Nantes geboren. Was studierte er ab 1848 auf Wunsch seines Vaters in Paris, bevor er sich der Schriftstellerei widmete?

Theologie

Geologie

Jura

Wie lautet der Name des Titelhelden von Jules Vernes 1876 erschienenem Roman „Der Kurier des Zaren"?

Ilja Oblomow

Michael Strogoff

Gowjadina Stroganoff

Wie heißt das Unterseeboot in „20.000 Meilen unter den Meeren"?

Phönix

Oktopus

Nautilus

In seinen Romanen beschreibt Jules Verne viele unterschiedliche Arten des Reisens. Welches Fortbewegungsmittel erwarb er im Jahr 1868 für seinen Privatgebrauch?

 Einen Gasballon

 Eine Segeljacht

 Einen Elefanten

Welche Lebewesen treffen Professor Lidenbrock und seine Gefährten auf ihrer unterirdischen „Reise zum Mittelpunkt der Erde"?

Würmer und Käfer

Dinosaurier und Urzeitmenschen

Enten und Gänse

Dank welcher Naturkatastrophe gelangen Professor Lidenbrock und seine Gefährten bei ihrer „Reise zum Mittelpunkt der Erde" wieder an die Erdoberfläche?

Wirbelsturm

Erdbeben

Vulkanausbruch

Die fantastische Welt von Jules Verne

Der Zeichner Édouard Riou illustrierte zahlreiche Romanausgaben von Jules Verne, darunter auch die ersten elf Kapitel von „20.000 Meilen unter den Meeren". Wessen Bild diente ihm als Vorlage für sein Porträt von Professor Aronnax?

Jules Verne

Charles Darwin

Kapitän James Cook

Mit dem Roman „Fünf Wochen im Ballon" gelang Jules Verne im Jahr 1863 der Durchbruch als Autor. Wie lautet der Name des Ballons, mit dem Dr. Fergusson und seine Gefährten den afrikanischen Kontinent erkunden?

Victoria

St. Michel

Jangada

Der 1873 veröffentlichte Roman „In 80 Tagen um die Welt" beginnt mit einer Wette in einem bis heute bestehenden Londoner Herrenclub namens:

Reform Club

Travellers Club

East-India Club

In „Fünf Wochen im Ballon“ begeben sich Dr. Fergusson und seine Gefährten auf die Suche nach einem Ort, der zum Entstehungszeitpunkt des Romans noch nicht entdeckt war. Dabei handelt es sich um:

Timbuktu

den Victoria-See

die Nil-Quellen

Phileas Fogg bewältigt seine Reise „In 80 Tagen um die Welt“ (1873) u.a. dank einer schnellen Schiffspassage, die erst seit dem Jahr 1869 befahrbar war. Worum handelt es sich dabei?

Panamakanal

Nordwest-Passage

Suezkanal

Unter welchem Sammelbegriff erschienen die Romane von Jules Verne bei seinem französischen Verleger Pierre-Jules Hetzel?

Tours Phantastiques

Voyages Extraordinaires

Aventures Fabuleuses

Wo finden Professor Lidenbrock und seine Gefährten auf ihrer „Reise zum Mittelpunkt der Erde“ den Zugang ins Erdinnere?

In einem isländischen Vulkan

In einer südfranzösischen Höhle

In einem Schweizer Bergwerk

Welches Tier beeinflusst das Schicksal der Reisenden im Roman „Fünf Wochen im Ballon“?

Eine Giraffe, mit deren Kopf der Korb des Ballons zusammenstößt.

Ein Geier, der ein Loch in die Außenhaut des Ballons pickt.

Ein Elefant, an dessen Stoßzahn sich ein Seil des Ballons verfängt.

In Jules Vernes Roman „Von der Erde zum Mond“ (1865) werden zu Versuchszwecken zunächst zwei Tiere mit einer Rakete in den Weltraum geschossen. Dabei handelt es sich um:

eine Katze und ein Eichhörnchen

ein Schwein und einen Hund

zwei Affen

Von wo aus startet die Reise „Von der Erde zum Mond“ in Jules Vernes gleichnamigen Roman?

Kasachstan / Russisches Reich

Florida / USA

Paris / Frankreich

Wie viele Jahre vor der ersten bemannten Mondmission von Apollo 8 im Jahr 1968 erschien der Roman „Von der Erde zum Mond" von Jules Verne?

3 Jahre

53 Jahre

103 Jahre

Wie nennt sich der Erbauer und Kommandant des Unterseeboots in Jules Vernes „20.000 Meilen unter den Meeren"?

Kapitän Ahab

Doktor No

Kapitän Nemo

Wie lange dauert die Reise von Professor Aronnax und seinen Gefährten auf dem Unterseeboot im Roman „20.000 Meilen unter den Meeren"?

10 Wochen

10 Monate

10 Jahre

Mit welcher Antriebsart bewegt sich das Unterseeboot im Roman „20.000 Meilen unter den Meeren"?

Elektromotor

Dampfmaschine

Plasmapumpe

Die Fortsetzung des Romans „Von der Erde zum Mond" erschien unter dem Titel „Reise um den Mond" im Jahr 1870. Hier beschreibt Jules Verne die Rückkehr der „Astronauten" in ihrem Projektil zur Erde. Wo werden sie gefunden?

In der Wüste

Auf dem Meer

Im dichten Urwald

Die fantastische Welt von Jules Verne

Welche versunkenen Ruinen besuchen die Reisenden in dem Roman „20.000 Meilen unter den Meeren"?

Leuchtturm von Alexandria

Koloss von Rhodos

Atlantis

Die fantastische Welt von Jules Verne

Welche maximale Meerestiefe erreicht das Unterseeboot in „20.000 Meilen unter den Meeren"?

8.000 Meter

16.000 Meter

20.000 Meter

Die fantastische Welt von Jules Verne

Wie heißt der Diener von Phileas Fogg in Jules Vernes Roman „In 80 Tagen um die Welt"?

Passepartout

Conseil

Lincoln

Welchen Ort, der während der Entstehung des Romans „20.000 Meilen unter den Meeren" noch nicht entdeckt war, besuchen die Protagonisten mit dem Unterseeboot?

Nordpol

Bermuda-Dreieck

Südpol

Bereits mit 11 Jahren soll Jules Verne von zu Hause ausgerissen sein, um die Welt zu erkunden. Was wollte er werden?

Lokomotivführer

Matrose

Missionar

Die „Reise zum Mittelpunkt der Erde“ beginnt und endet in:

Stockholm

Hamburg

Kopenhagen

Die fantastische Welt von Jules Verne

Bereits 1863 schrieb Jules Verne einen Roman, den sein Verleger Pierre-Jules Hetzel jedoch aufgrund seiner Unglaubwürdigkeit nicht veröffentlichte. Erst 1994 wurde das erstaunlich prophetische Manuskript wiederentdeckt und publiziert. Der Titel lautet:

„Das Reisebüro Thompson & Co."

„Das Testament eines Exzentrischen"

„Paris im 20. Jahrhundert"

Die fantastische Welt von Jules Verne

In „Die Abenteuer des Kapitän Hatteras“ (1866) beschreibt Jules Verne eine Schiffsreise zum Nordpol. Wen hält die Mannschaft der „Forward“ zu Beginn der Reise für ihren Kapitän?

Einen Hund

Die Frau des Kochs

Den Schiffsarzt

In „Die geheimnisvolle Insel" von 1875 lässt Jules Verne einen Protagonisten aus einem früheren Roman wieder aufleben. Wer mag das sein?

Kapitän Hatteras

Phileas Fogg

Kapitän Nemo

Die fantastische Welt von Jules Verne

Welches außergewöhnliche Transportmittel baut der englische Ingenieur Banks für einen indischen Maharadscha in dem Roman „Das Dampfhaus“ von 1880?

Einen mechanischen Elefanten mit Dampfmaschinen-Antrieb

Einen fliegenden Teppich mit Luftkissen-Antrieb

Einen stählernen Schwan mit Schaufelrad-Antrieb

Welche Form der mobilen Unterkunft nimmt Jules Verne in seinem 1880 erschienenen Roman „Das Dampfhaus" vorweg?

Schlafwagen im Zug

Wohnwagen

Kreuzfahrtschiff

Was bringt Phileas Fogg von seiner Reise „In 80 Tagen um die Welt“ mit nach London?

Eine schwere Erkältung

Seine neue Ehefrau

Eine Schnupftabakdose aus Elfenbein

In „Die geheimnisvolle Insel" (1875) beschreibt Jules Verne das Schicksal von fünf Menschen und einem Hund auf einer Insel im südlichen Pazifik. Wie sind sie dorthin gelangt?

Piraten haben sie auf Hawaii entführt und dort ausgesetzt.

Ihr Fischerboot wurde vor der chilenischen Küste abgetrieben.

Sie wurden mit einem Ballon im Sturm von den USA dorthin geweht.

Im März 1886 erlitt Jules Verne eine Verletzung am Fuß, durch die er für den Rest seines Lebens gehbehindert blieb. Wie kam es dazu?

Er rutschte auf einer Bananenschale aus.

Er wurde von seinem psychisch kranken Neffen angeschossen.

Er stürzte aus einem startenden Luftschiff.

Am 14. November 1889 startete die Journalistin Nellie Bly eine Weltreise auf den Spuren von Phileas Fogg, um die fiktive Reise „In 80 Tagen um die Welt" Realität werden zu lassen. Wie lange dauerte ihre Weltumrundung?

63 Tage

72 Tage

81 Tage

Für welche sportliche Leistung wird seit 1990 die „Jules Verne Trophy" verliehen?

Die schnellste Durchquerung Afrikas entlang des Äquators

Die schnellste Weltumrundung mit einem Segelboot

Die schnellste Überquerung des Atlantischen Ozeans in einem Gasballon